단 하나의 눈송이

봄날의책 세계시인선

II

단 하나의 눈송이

사이토 마리코

봄날의책

차례

서시

커다란 나무는
그대로 한 권의 역사책이다.
잎사귀 하나하나가 한 페이지며
해마다 새로 쓰여
해마다 새로 태어나는 책.
하루 종일 바람이 읽고 있다.
가끔 언더라인한다.

입국

수수께끼보다 일찍 밀항해오는 것은 기억이다
비밀보다 일찍 월경해오는 것은 마음이다
그 해협을 얼릴 수는 없다

막차보다 일찍 떠날 첫차가 항상 있다
먼저 차를 놓친 사람들이
언제나 일찍 고향에 도착했다
그 역을 막을 수는 없다

미열

나무에게서 사람에게로 옮는 병이 있다. 땅에다 깊이 뿌리박으면서 하늘을 날고 싶다는 병에 걸리는 이가 있다. 몸통을 쪼개 갖고 자기 나이테를 보고 싶어지는 병이 있다. 자기 몸에다 많은 새들을 앉게 하고 싶어지는 병. 잎사귀 수만큼의 눈빛들을 살랑거리며 서 있고 싶다는 병. 거기에 서고 싶다는 병. 같은 데서 날마다 새롭게 기다리지 말고 늦지도 말고 서 있고 싶다는 병.

서울 비원 주변의 나무들이 당당하고 그 그림자들이 더없이 짙은 해질녘 거기 가면 푸른 눈사태로 생매장이 될 것 같다. 그런 생각이 자꾸 들더니 어떤 친구가 이런 이야기를 해주었다. 육이오 때, 여기는 희생자들의 유체를 모으는 장소였다. 서울대병원이 가까이 있었기에. 그때 땅이 비옥해졌고 나무들도 잘 자랐다. 그래서 지금도 저 나무 그림자들은 짙고도 짙은 거란다.

사람에게서 나무에게로 옮는 병이 있다. 마지막까지 지켜보고 싶다는 병. 이 거리의 내력을, 이 땅의 모든 내력을 빠짐없이 배고 싶다는 병. 거기 서서 기다리지 말고 늦지도 말고, 모든 따라붙는 이, 모든 앞지르는 이들에게 그것을 비춰주고 싶다는 병. 고(告)하고 싶다는 병.

일제총격을 맞은 듯이 사람들의 이야기를 맞으면서.

비 오는 날의 인사

 — 너는 자라 무엇이 되려니

 — 사람이 되지

모르는 사이에 당신의 나이를 넘어 있었습니다
그것을 잊은 채로 당신의 나라에 와버렸고
잊은 채로 당신의 학교에까지 와버렸습니다
팔짱을 끼고 독수리상을 지나서 좀 왼쪽으로 올라가면
당신의 비석이 서 있습니다
당신의 나이를 넘은 제 삶을
여기에 옮긴 것은 옳았던 것인지

"여기는 윤동주 선배님의 조용한 안식처입니다. 담배꽁초를 버리지 맙시다."
오늘은 비가 지독하고
팻말은 풀숲 속에 쓰러진 채 비에 젖어 있었지만
후배들은 여기서 담배 따위는 피우고 있지 않아요
여기 올 때마다 조그마한 꽃다발이 놓여 있습니다
"시인이 시인이라는 이유만으로 학살당했다. 그런 시대가 있었다."
라고 일본의 한 뛰어난 여성시인이 쓴 적이 있습니다
당신에 대해서입니다.

그것은 저희 어머니의 시대 할머니의 시대입니다

저는 당신의 종점으로부터 걸어왔습니다

언제나 종점으로부터 출발해왔습니다

이제 폭풍우는 우상을 뒤집어서

저는 당신의 말 앞에 서 있습니다

실현될 때 말은 빠릅니다

빛처럼 실현될 때

말은 운명입니다

약속이 이루어질 수 없는 이 지상에서

녹지 않는 별의

그 딱딱한 눈동자의 빛에 비추면서

저의 부끄러움과 당신의 부끄러움은

서로 얼굴을 맞을 수 있는 것인가요

비가 그치면

"사람이 되지"라 대답한

수없는 당신의 동생들이

뛰어다니는 이 대학가 상공에

하늘과 바람과 별과 시와

최루가스가 자욱하게 있습니다

이 렌즈는 푸름을 지나치게 통과시킨다

푸름으로 숨이 막혀서
쓰러져 갔다
친구의 목소리밖에 안 들리는
그 귀울음 밑바닥에서
오월이 오월을 불태우고 있었다
길거리에서 새 렌즈로
햇빛을 모으면서 그렇게 했다
— 지루함 따위는 옛날 유행이지
오월 속에 녹여 갔던
오월들 태양을 똑바로 쳐다본
눈들이여
이 렌즈는 지문투성이
이 렌즈는 푸름을 지나치게 통과시킨다

오월은 오월을 모아서 눕는다
특별한 일이 없는
오월 기념해서는 안 되는
오월 그리고
금지된 오월 막혀 가지고

이중 목소리로

노래 부르며

노래가 목에 메서

삽시간에 단풍 들어 떨어졌던

오월이여

빛과 불은

어디에서 손을 잡지 못했던가

빛과 불은

어디에서 어긋났던가

지뢰

상처가 가장 맥박 치고
상처가 가장 살아 있다
상처가 가장 기다리고 있다
자기를 밟아주는 꿈이 오기를

여행

마음이 말의 몸이고
말이 마음의 몸이고
몸은 마음의 말이다
타는 말
멀리 와서 멀리 돌아간다

한걸음

한걸음을 불태우고 또

한걸음에 점화하고

낙엽을 태우지 않고

풀을 태우지 않고

한걸음이 튀고 또

한걸음이 비화(飛火)하고

한걸음 한걸음 불타고

한걸음 한걸음 타오르고

하구(河口)

　모든 강은 욕망한다. 머물고 싶다고, 그러나 흘러가서 마침내 닿고 싶다고. 하구에 닿을 때 가장 고요한 비명 소리가 들린다. 그것이 어젯밤에 내가 들은 어머니의 잠 소리이다.

　모든 물살은 욕망한다. 비밀을 숨겨야 한다고, 그러나 말해버리고 싶다고. 하구에서 바다에 들어간 다음에 그것이 또 하나의 강에 불과함을 더없이 깊이 깨달았을 때 비밀은 어디로 긴장을 풀어야 할까.

　모든 흐름은 욕망한다. 포기하고 싶다고, 그러나 아물고 싶다고. 비밀이 비밀이기를 포기할 때, 드디어 바다는 바다가 된다. 바다 욕망은 무엇인가?

　이 세상을 몽땅 삼켜버려서 토해내고 싶은 별 하나. 그것이 어젯밤 내가 용서하지 못했던
　너 자신이다. 우리 모두이다.

토장(土葬)

그 가슴, 그 손가락, 그대의 몸 모양대로 흙을 헤치고 그대의 아쉬움과 체념의 모양대로 흙을 껴안는 무덤. 그대가 산 낌새와 그대가 죽은 낌새가 땀같이 말라간다. 남들의 눈 속에서 뱅뱅 돌고 있던 그대 팔랑개비 날개가 멈추고 부드러웠던 몸이 딱딱하게 굳어져가는 이 순간에. 땅은 어디든 생물(生物)의 몸으로 가득 차 있다. 그대를 받아들이며 땅의 가슴이 트일 때 이 침묵에는 천장이 없다. 이 침묵을 더욱 침묵시키는 이는 아무도 없다.

그대가 살아 있다는 낌새와 그대가 죽어간다는 낌새가 휘발하지 않도록 사람들이 그대를 두두룩하게 덮어서 풀을 심고 나서 물러갔다. 무덤은 가을에 시들어가며 무덤은 겨울에 눈 맞고 그리하여 무덤은 하나의 가슴이 된다. 동그랗게 동그랗게 마치 삶 위에 표면장력으로 버티고 있는 꿈처럼 소리친다. 많은 우주들이 지구에서 싹트는 것처럼 동그랗게 동그랗게 이 헤맴과 의심과 어지럼을 그대로 안고 갈 거라고. 그대로 가지고 계속해 죽는 것이 시작이라고.

시야

눈 감으면 태양은 안 보이고
눈 감으면 흑점이 안 보인다
(눈 감아도 시야는 있다
그 을씨년스러운 들판을
누가 터벅거리며 물러간다)

눈 감으면 흑점이 보인다
고대인이 석기들을 만들며
남겨놓고 갔던 흑요석 조각과 같이
시야 가장자리에서 깜박인다
(눈 감아도 시야는 있고
그 상공에서 지금 태양이
남중(南中)한다 지친 사람은
거기서 자석을 꺼내 본다)

내가 잠들어도 흑점은 깨어
시도 때도 없이 남중해 있다
목격한 것들을 메고 간다
내가 눈 감았을 때, 눈뜬 다음에도

시도 때도 없이 지키고 있다

(지금 누가 다가온다

침침하고 넓은 그 들판

여러 번 지뢰를 밟으면서)

오르막길

오후 6시 태양은 피의 램프
말랑말랑 곪은 위기의 과실
뜨개질하는 여자가 바늘로 쿡쿡 찌르면
쏟아지리라
비명소리로 거른 시간의 이슬

하루 끝에 태양은 시큼한 피의 램프
바늘 두고 들어라 이
혈압 높은 도시의 밀물소리
마지막에 한번 램프 심지를 돋우고 나서
기억해라 그리고 말하지 마라
이 노을이 누구의 염증인지를

지열

끌어낸 것은
햇볕을 쬐자 한꺼번에
무너져 갔네 바스락거리며
막지 못했네 눈앞에서
가까스로 살린 저 새 날개
색깔이 빠져서 모양이 빠져서
남지 않았네 끝끝내

손이 닿은 것이
말이었을 뿐
사람이 불에 타면 몸이 풀어져
도사리고 있는 목숨들
저고리 고름처럼 풀어져 가는
연기였네 언제까지나
모여 있었네 미루나무 아래 깔아 말려진 고추들
그 어느 가을이었는지 모르게 된 후에도
한없이 한없이 따라붙어서
막을 수 없는 향수였네
모든 시대가 있었던 그 자리에서

계속 불타기만을 원하고 있었네
못 들었어 그 살려 달라는 소리
거짓말이었어 불타면 없어진다는 것 목소리 올리며
타오르자마자 그 자리에서
끝없이 끝없이 살아남았네
불이 난 곳에 큰 바람이 나서
아지랑이를 안고
아직도 땅을 일구고 있었네
뿌리고 있었네

서울

사람이 어깨만이 돼서 거리에 넘친다
버스 기사님이 어깨만이 돼서 우리를 싣고 달린다
연인들이 어깨만이 돼서 타박타박 걸어간다

이 거리는 어깨만으로 남아 서 있다

사람들이 어깨만이 돼서 부딪쳐 간다
버스 기사님이 어깨만이 돼서 우리를 버리려 달려간
다
연인들이 어깨만이 돼서 넘어져 간다

이 거리는 어깨만 남아 짖는다
어깨 너머 잊힌 달이 헐떡거린다

이 어깨에는 그림자가 없다

소식

저쪽 강가에서는 보이지만 이쪽에서는 안 보이는 다리가 이 강에 놓여 있다고 한다. 한여름 이른 아침에 일어나서 이슬받이를 밟으면서 강을 따라 어느 만큼 걸어가더라도 이쪽 강가에서는 난간도 울짱도 없다. 마치 이해하지 못하는 재판으로 선고받은 사람처럼. 그러나 저쪽 강가에서만 보이는 다리를 건너 이따금 사람이 온다고 한다. 아니 그 다리는 사람의 무게를 버티지 못해 벌써 여러 번 부서졌다고 한다. 아니 그 다리는 철조망으로 몇 겹 감겨 녹이 바람 타고 이쪽 땅에서 나부끼는 빨래에 붙어 있을 때가 있다고 한다. 이미 오래되고 삭고 삐걱거리는 그 다리를 건너려고 군인들의 제지도 듣지 않고 총알 맞을 사람이 여전히 끊이지 않는다고 한다. 아니 그 다리는 단지 중량 제한이 있어 마음이 10톤 이상인 사람은 건너갈 수가 없다고 한다.

물결이 잔잔한 날에도 그 다리 위에는 작은 회오리바람이 당황한 듯 떠돌고 있다. 이쪽 강가에서는 보이지만 저쪽에서는 안 보이는 섬이 저 섬이다. 어저께 저기서 낚시를 하다가 만났던 할매가 말했다. 여기서 낚은 물고기들은 노래를 불러준 다음 강에 도로 놓아주렴. 언젠가 그런 물고기가 늘어나 강을 거슬러 올라가다가 알을 낳으리라. 그날에 비록 내가 살아 있지 못하더라도.

서울 사람 1

아프면 아프고
억울하면 소리 지르고
외치고
이마에 주름살 짓고
쿵쿵 구르는
대지,
적재량 초과
붉은 토사물
나라 사랑
짝짝이 신을 신고
언제나 떠나는 내일
새침하는 오늘의
곳곳에서 산사태가 무너지며
너를 싣고 다니던 버스만큼은
늦게 오는 절망,
아침마다
장난감처럼 구르는 심장.

서울 사람 2

이 나라에서 꽃은 속삭이지 않는다
이 나라에서 꽃은 외친다
그 외침 속에서
사람들의 모음(母音)은 한 덩어리 되고
자음(子音)은 산산이 흩어져 갔다
모음 덩어리는 한번 증발해
싸락눈이 되어 다시 내려온다 마치
고생 많아 버림받은 엄마의 비탄처럼
이 나라에서 꽃은 속삭이지 않고
딸들은 언제나 싸락눈을 맞으며
출발했다 언제나 멀리
흘음(吃音)의 벼락 맞아 떨리면서

광합성

한국에 오기 전에 나는 모든 책을 팔아버렸다. 헌책방 할아버지가 내 방에 와서 내가 십년 동안 간직하며 이사할 때마다 질질 끌고 다닌 글자의 떼를 모조리 데리고 가셨다. 잘 가요, 내 책들아. 그것은 무척 무거웠다. "책이란 참 무겁군요." 내가 말했더니 할아버지가 대답했다. "그럼요. 아무래도 원래가 나무였으니까요."

그리고 나는 책 한 권 안 가지고 여기에 왔다.

나무를 일본말로 KI라고 하며 한국말로는 NAMU라고 한다. 십년 전에 처음 한국말을 배웠을 때 '나무'란 낱말이 나의 가슴속으로 뿌리를 내렸다. 한국에 온 지 두 달 동안 줄곧 아래만 보면서 돌아다녔는데 유월이 되고 처음으로 눈을 들어 봤더니 그들이 잎사귀를 살랑거리며 서 있었다. 그들을 '나무'라고 부르면 내 속에서 '나무'가 답례했다. 십년 공들여 간신히 푸르게 자란 잎사귀들이 눈부시게 펄럭이면서.

"한국에 유학 가기로 했어요. 이 년이나 지나야 돌아올 거예요." 내가 그렇게 했더니 할아버지는 책에 쌓인 먼지를 닦으면서 말했다. "그 무렵에 나는 살아 있지 못할 거예요." 그리고 꾸린 책을 헌 트럭에 싣고 나갔다. "잘 가시오, 열심히 공부하세요." 하면서. 그가 평생 동안 얼마나 책을 사랑하면서 살아왔는지 나는 잘 알고 있다. 할아버지가 전에도 책을 사러 내 방에 왔을 때 한 사회심리학 책을 들면서 이런 말을 한 적이 있었다. "이 책은요 삼 년 전만 해도 잘 팔렸는데 요즘은 통 안 나가는데." "그렇다면 그것은 안 팔기로 할게요. 사실은 저도 아직 안 읽어봤거든요." "그게 좋을 거예요. 책은 읽으시는 분이 갖고 계시는 게 제일입니다."

그래도 끝내 그 책을 읽지 않은 채 나는 떠나게 됐지만.

여기 와서 나는 또 많은 책을 샀다. 나무 밑에서 책을 읽으면 잎사귀 사이로 비치는 햇볕 모양대로 생각이 흩어져 간다. 한 권의 책은 많은 나뭇잎들의 역사로 가득 차 있다. 말을 잃어버릴 때야 침묵은 어느 말도 아니며 어느 말이기도 하다는 것을 처음 알게 된다.

한 권(券)의 말이 한 그루 나무의 삶과 어울릴 줄 안다면 어느 말이라도 좋다.

말이 한 그루 나무의 내력을 지켜줄 줄 알고 그 나무를 키웠던 지하수 한 방울 한 방울까지도 엎지르지 않고 괴롭히지 않고 삼켜줄 줄 안다면.

다른 나무들이 다 벌거벗게 된 다음에도 푸른 잎사귀를 살랑거리며 서 있는 가로수 한 그루. 그것은 끝까지 눈물이 마르지 않는 눈과 같다. 또는 눈뜬 사람들 속에서 홀로 명목(瞑目)하는 사람 같다. 나무들이 가장 싱싱하게 살아 있어 보이던 그 유월에는 다른 어느 나무와도 다름이 없게 보였던 그 나무. 그리고 다음날 내가 본 것은 그 나무 잎사귀 사이사이에 모여 앉아 지저귀고 있는 참새들. 설레는 가슴처럼 들끓으며 서 있는 가로수 단 한 그루. 마치 말이 되기도 전에 사상을 달래는 꿈과 같이.

난류

바다를 건너가는 떼로부터
뒤처져버린 새 한 마리는
따라붙을 수 있으리라 믿고 날아가면서
어느새 바다 그 자체가 될 것이다

하루가 작은 새 한 마리라면
나는 그 긴 홰이고 싶다

20세기

집집마다 끼니때에 내쫓겨 나가서 그때부터 여행이 멈추지 않는다. 식탁에 그릇들을 둔 채. 과일 껍질을 벗기다 만 채로 떠났던 그들의 주곡은 뼈처럼 말라져 간다.

겨울은 얼굴이 서로 비슷하게 생긴 수송차떼이고, 개들이 그것을 쉽사리 앞질러간다. 여름은 급수차처럼 가장시킨 트럭이고 창문에는 종이가 붙어 있다.

요즘의 하느님은 난민이다; 어린이들 신음소리 어른들 울음소리 가운데 그의 목소리를 구별하는 것은 쉽지 않다. 그리고 저물지 않는다. 여행이 시작된 그 하루가 끝내 저물지 않는다. 부흥된 거리마다 포석과 포석 사이를 터벅터벅 걸어가는, 불문에 부쳐진 사람들의 줄, 그것을 조심스레 따라가면 틀림없이 수도로 갈 수 있다.

고아들이 완전히 성장해 제 자식들 보호하느라고 집집마다 자물쇠를 채울 무렵에 사라져간 사람들 합창은 저기압과 같이 도시를 덮는다: 우리에게 지평선은 몇 가닥이나 있을까, 그것은 국경선보다 많은가.

저 오랜 하루가 끝내 저물지 않는다.

그 경계선들을 넘고 넘어도 단지 사람이 사람의 소식

을 묻고 있을 뿐. 고향을 잃은 사람들이 간직했던 지도를 서로 보여주어도 그것은 결코 연결되지 못했다.

공용어가 결정된 다음에도 어느 말로 침묵해야 하는지 알아낸 사람은 없었기에 생포된 세월의 입술은 점점 가슬가슬 말라간다. 그리고 인용될 때마다 입술은 잘린다. 그리고 눈은?

눈에서부터 눈빛은 망명했고 어떤 마을이 불탈 때마다 꼭 거기 와서 밤새도록 서 있다.

증인 리스트는 모래시계다. 증언이 끝나자마자 다시 거꾸로 놓는다. 저 불타서 내려앉던 눈들이 어떻게 되었는지 말해줄 수 있을까. 눈이 불타면 빛은 어디로 가는가. 누가 이 철야의 눈을 씻을까. 사정수사(事情搜査)만으로 마무리될지도 모를 20세기의.

바람개비 1

저 돌담이 무너지면
돌멩이들의 긴 이야기
바람개비가 멈추면
더 긴 이야기가 시작된다.
침묵과 침묵으로
어지럼과 어지럼으로
주고받던 대화의 모두가
외침과 속삭임의 모두가
다된 꿈이 아니라도 된다
계절이 아무리 변덕스러워도
북풍이 남풍을
남풍이 북풍을
미워한 적은 없었으니까.

바람개비 2

크게 부푼 머리 스타일과 당당한 몸매
춤추는 듯 춤추는 듯 거리를 가는 한식 교복 차림 아
가씨들
그것은 삼일독립운동 당시 이화여전 학생들의 모습이
다
폭넓은 치맛자락을 펄럭거리며
이제 때가 왔다는 듯 행진해 나가는
늠름한 역사의 딸들이다
그 유명한 사진을 볼 때마다
따를 수 없구나 생각했다

그런데 서울에 와서 먼지와 배기가스와
이대 앞 다니는 아가씨들의 진한 화장에 싫증이 나며
최루탄 냄새로 울었을 때엔
저 사진 생각이 안 났다
한가위와 최루탄이 사라지고 여름방학이 끝날 무렵
학생들이 거의 없는 이대 숲을 지나가면서
갑자기 생각이 났다
어머 여기잖아 그 사진의 아가씨들이 다녔던 학교

죄송해요 지금까지 잊어먹고 살았어요 죄송해요 하며
당황하고 말았다
그때가 고르비를 울리던 소련 쿠데타가 끝장이 난 시
절
캠퍼스에는 곳곳에 대자보가 게시되며
'이대 한 학우에게서 전세계 이성에게로 호소한다'
란 장시 한 편이 바람에 흔들리고 있었다
한 학우는 친한 지도자 블라디미르 일리치를
잊지 마라고 호소하는 것이었다

전세계 이성은
전세계 이성들은 그때 뭐하고 있었을까
전세계 이성들은 회사 다니며 학교 다니며 또는 굶어
죽으며
티브이 있는 사람은 티브이 뉴스를 지켜보며
되도록 정신 차리려고 하는 바람개비였지만
바람은 지금 사방팔방으로 불고 있는 거다
역사란 언제나 철없는 주역이고
나중에 중요한 재판이 있을 때마다

결코 스스로 나오려고 하지 않는다
그렇다, 영웅 없는 시대는 시시하다 그러나
영웅이 필요한 시대는
무섭다

생각해보면 저 사진에 나온 아가씨들도
전세계 이성 앞에서 씩씩하게 행진해 보였는데
하도 답답한 전세계 이성이구나
— 묵도 오 분간 —
사진의 아가씨들이여 언니들이여 지금은 이미 안 계
시겠지만
지금도 보고 계시는 거죠,
언니 후배들은 잘 있어요, 매우 곤란한 상태로 있지만
그래도 후배 하나는 어제 저한테
여자로 태어나기를 잘했다고 그랬어요
그리고 나는 묘하게 편들고 싶어지며
호소문의 절반밖에 못 알았는데도 불구하고
전세계 이성아 제대로 들었니
한국 아가씨들이 정신 차리라고 그랬잖아 일단 들어

봐라

　잠들어 있었나 전세계 이성아
하고 주변을 노려보면서 걸어갔더니
　네 이성부터 어떻게 해 라고
　까치가 흥 하고 지나갔다.

도시

사람 속으로 멀리서 오는 배와
사람 속으로 멀리까지 가는 배가
스치고 지나갈 때 바람이 일고

사람 속에서 둘러보는 눈과
사람 속에서 쳐다보는 눈이
맞을 때 불꽃이 돋는다

그리고 아무도 멈춰 서지 않았다 아무도 물어보려고
하지 않았다
바람이 왜 폭풍을 부르지 않는지 불꽃이 왜 불이 되지
않는지

사람 속에서 썩어가는 내일과
사람 속에서 걷기 시작하는 어제가
물래 스치고 지나갈 때
갑자기 내리기 시작하는 비

살아 계세요

모든 사람은 꽃이다

감히 피어본 꽃들이다

불까 말까 한 바람에도 당장 떨어지고 만다

살아생전

절대안정

절대로 절대안정이다

오늘 나는 절대안정 중인 꽃이 다섯 송이 나란히 길가

에 앉아(할머니들이다)

열심히 감을 먹고 있는 모습을 봤다

그리고 식당 아저씨가 배달 가는 길에서

오토바이 거울에 얼굴 비추며 여드름 짜기에 몰두하

고

있는 것도 목격했다

그 다음에 버스 정류장 벤치에서 엎드려 열심히 팔굽

혀펴기 하는

젊은이를 봤다

이 절대안정 기간 중의 몰두의 계절, 유별난

몰두하는 꽃들이여, 몰두의 가을이여

장자의 나비들이 날개 치는 소리는 클랙슨 소리 못지

않게

　소란스럽기도 하고

　이 거리에는 약도 독도 많겠지만 열중하는 그대들에
게는 무용지물

　그대들의 절대안정 기간을 방해하는 이가 없기를

　살아 계세요, 몰두하면서

　시끄럽게

　신나게

신촌 부근

사람을 경멸하면
가슴에 금세 시큼한 꽃이 피고
하룻밤 자도 그것이 안 시들 때
햇님이 녹색으로 보인다

저 산 가서 이 꽃을 도려내
매장하고 싶다
약수 받으러 가는 사람들 따라
아침의 통근시간 학교도 회사도 빠지고
저 산으로, 약수 받으러 가는 사람들 따라

하지만 이 좁은 길 하나를 건너갈 수 없다

굴절률

길이 막혀서 3시까지 서울에 도착하기가 어려울 것만 같다. 서울에 돌아올 때마다 약속 시간대로 왔는지 알수가 없다. 맨 처음 비행기로 도착했을 때부터 그랬다. 아까부터 병아리들을 가득 실은 트럭이 계속 옆에 있다. 창문을 열지 못해 그 우는 소리는 들리지 않지만 덮개 틈새로 그들의 눈동자, 그 새까만 빛깔과 단단함은 버스 속에 있어도 잘 보인다. 어디서 왔을까? 이 지체 탓으로 자동차 넘버도 안 보인다.

여기서 보니까 저 푹신푹신한 솜털 덩어리가 다 목숨 이란 것이 거짓말처럼 느껴진다. 그들도 우리를 볼 수 있을까? 그 병아리들과 우리 차 어느 쪽이 먼저 도착할 것인가? 이 고속도로에서, 주차장이라 해도 되는데, 새장 문을 다 열어준다면 그들은 어디로 가고 싶어 할까?

병아리들은 태어나기 전부터 약속 시간을 지키기 시작한다. 그들은 늦을 수가 없다. 태어나기 전부터 이미 영원한 약속 시간을 지킬 수밖에 없다.
그런데 어디서?

약속 시간도 약속 장소도 없다는 것. 그것은 과연 무한일까. 아니면 단지 무일까.

'언제까지'와 '어디까지'의 집합체가 삶이라 한다면 그것을 미분하기는 쉽지만 적분하기는 어렵다.

지난주 어떤 사람과 함께 북악 스카이웨이를 달렸는데 그가 말했다. 얼마 전 아침에 여기 달리면서 보니까 까치 한 마리가 커브 길 반사경에 앉아 거울을 열심히 쪼고 있었어요. 자기 모습을 딴 새인 줄 알고 그러는 거지요. 학교 나가서 학생들한테 그 얘기 해주었어요. 자기 모습을 자꾸만 공격하는 새 얘기를.

하지만 새는 자기 모습을 보았던 것일까.

거울에 가장 가까이 다가갈 때 보이는 것은 자신의 모습인가.

태백

일요일 밤 11시 50분 태백발 청량리행 막차 입석권 5,000원. 개찰구에는 벌써 사람들이 줄 서서 기다리고 있다. 입석? 좋아. 어쨌든 탈 수 있다니까. 음료수 사고 과자도 사고 타자. 타고 가자. 피난민들 심정을 조금이라도 알 수 있을지도 모르잖아.

도대체 피난민의 피가 한 방울도 흐르지 않는 사람이 어디 있을까?

객실 구석에서 보니까 형광등 아래서 잠든 사람들의 지친 얼굴이 마른 꽃같이 보인다. 낮에 폐산지대를 다니면서 본 코스모스 군락이 생각난다. 강가를 따라 있을까 말까 한 바람에도 고개를 너울거리던 코스모스. 그 가운데 결코 흔들리지 않는 팻말이 서 있었다. 지하의 보물. 지상의 낙토. 낙토는 이미 80%가 폐쇄되었으며 낙토에서 쫓겨난 사람 몇 명은 꼭 이 기차 속에도 앉아 있을 텐데. 서울에서 일하며 주말마다 고향으로 돌아오는 사람들. 주마다 육일 서울로 피난하는 건지 주마다 하루 고향으로 피난하는 건지 이미 모르게 된 사람들.

자리를 양보해주신 아저씨에게 "고맙습니다" 하자마자 벌써 잠들고 말았다. 꿈결에서 나는 석탄을 메고 깊

숙한 탄갱바닥으로 내려가 석탄을 다시 묻고 있었다. 에
너지 보존의 법칙이라고나 할까? 아마도 증기기관차가
청량리까지 가는데 때야 할 양만큼 땅바닥으로 석탄을
갚아주어야 한다는 생각 같았다. 아니면 내가 태어나서
이제까지 땅 위에서 기차로 이동했던 모든 거리에 해당
할 만큼?

　다시 깨어나 아저씨한테 자리를 양보하고 나서 나는
승강구 발판으로 나갔다. 창문 너머 보이는 별밭 속에
내가 아는 별자리는 없었고 나무가 석탄이 되기까지에
흘린 그 짧은 기간 내내 땅 위에서는 항상 피난민들은
생겼고 별을 암표로 헤매이기도 했겠지.

　폐쇄된 탄광 목욕탕의 로커 문마다 이름이 하나씩 남
아 있었다. 한번 지운 다음에 딴 이름이 쓰인 것도 있었
다. 이름이 세 개나 남아 있는 것도 있었다. 그 이름을
하나씩 부르면 그때마다 서울 여기저기서 코스모스 한
송이가 고개를 쳐들까. 꼼짝도 안 하는 꽃밭에서 한 송
이씩 귀를 기울이며 흔들리는 검은 코스모스 꽃.

　피난민의 발을 밟아본 적 없는 사람이 도대체 어디 있

을까?

등심(燈心)

촛불에 있어서 등심이 그렇듯
소중한 것은 아주 가녀리다
꼭 있어야만 할 것은 참 가녀리다
그것 없이 아예 존재 못할 때

그리고 아예 존재함에는 형체가 없다
촛불 하나가 방 안을 밝힐 때
빛에 형체가 없듯
어떤 모양이든 방 안을
구석구석까지 다 밝힐 때

그림자 줍기

사람을 찾는 사람의 그림자는 가을에 갑자기 길어진다. 나는 동대문 시장에서 절망적인 목소리로 외치는 아줌마를 본 적이 있다. 김××! 김××!라며 한창 시끄럽게 떠든 끝에 어떤 아저씨가 종이봉지 하나 들고 다가와 너, 뭐 하니? 하니까 외침소리는 우는 소리로 바뀌었고 바라보고 있던 사람들은 찾았대, 찾았대, 하면서 옆 사람한테 (나를 빼고) 전해주고 있었다. 자기 일처럼, 언제까지나.

나는 시장을 빠져나가 전철역 쪽으로 내려갔다. 가을이면 사람은 모두 다 누군가를 찾고 있는 듯하고 사람을 찾지 못한 사람의 그림자는 더없이 길어진다. 전철역 표 파는 데엔 목소리는 없는 외침; 이 아이를 아시나요?

사람이 사람을 찾는 나라로 내가 찾아왔고 가을이 와서 차를 내려 지상으로 나가면 햇빛은 맑고 사람은 급하고 못 보냈던 편지의 답장이 살그머니 다가오고 있는 듯한 가을거리.

지나가는 그림자 사이에서 움직이지 않는 그림자,

작은 돌의 긴 그림자.

해명

친구 몇 명이 애들을 데리고 한국으로 놀러왔다. 합정동에 있는 갈비집에서 먼저 맥주로 건배. 네 살과 두 살먹은 아이들이 벌써 집 여기저기 탐험하기 시작한다. 방구석에 모여 앉아 있던 식당 아줌마들이 애들이 노는 모습을 바라보며 자꾸만 얘기한다. "아이구 이쁘다", "참이뻐." 천장이 높고 깨끗하고 온돌이 아주 따뜻한 이 집을 고르기를 잘했다. 애들이 뛰어 돌아다녀도 위험치 않고 사람들이 매우 친절하다.

"이리 와, 아줌마한테 와 봐." 한쪽 무릎을 세워 앉아두 손을 편 아줌마가 말한다. 두 살 먹은 남자 꼬마는 겁이 나서 그런지 아줌마 옆으로 가려 하지 않고.

"이리 와, 이리 와 봐." 보니까 아줌마 눈에는 눈물이어려 있다. "이 아줌마는 자식이 없는 사람이야." 옆에앉아 있던 아줌마가 나한테 알려준다. "아아!"라고 내가한다. 이 "아아"가 한국말인지 어느 말인지 나는 알 수가 없다. 그냥 통역만 한다. "이 아줌마 애가 없대." 하자 "아아" 하며 아이 엄마가 돌아선다. 이 "아아"가 일본말인지 어느 말인지 나는 알 수가 없다.

아줌마는 진로(眞露)병을 팔꿈치로 밀며 기어온다. "이쁘다. 너무 이뻐." "이쁘대." 내가 통역하자 아이 엄마는 아줌마 쪽으로 상체를 쑥 내밀며 고쳐 앉는다. 그녀는 이제 "아아"라고 하지 않는다. 그녀의 표정은 이제 통역할 필요없는 잔잔한 바다로 나가려고 한다. 아니면 아직도 바다 앞에 서 있다. 망설이고 있다.

아줌마는 글썽이며 "내가 길러 줄게"라고 하지만 그녀 눈은 이미 애를 보고 있지 않았다. 나는 그제야 아줌마가 술에 취해 있다는 사실을 깨달았다.

"너 대신 애를 길러 주겠대." 내가 통역하자마자 아이 엄마는 다시 "아아"라고 한다. 그녀는 통역이 필요없는 바다에서 갑자기 후퇴한다. 뒷걸음질한다. 해일이 나는 가 보다. "기를게, 내가 기를게." 아줌마가 같은 말을 되뇌면 다른 아줌마들이 대꾸한다. "누가 아들을 줄까, 너 같은 여자에게." 아줌마 셋은 하나같이 짙은 색깔의 꽃무늬 옷을 입고 있다.

"아줌마, 어디 아프세요?" 내가 물어봤더니 아줌마는 고개를 끄덕이며 혼잣말처럼 "자식이 없어가지고……"

했지만 그 눈은 이제 아무것도 보고 있지 않는다.

아줌마는 계속 눈물을 흘리고 그것이 김치접시로 떨어진다.

갈비집을 나가 친구랑 나란히 걸어가면서 내가 말한다. "이 나라에서 자식을 못 낳는 여자는 일본보다 훨씬 힘든 것 같아. 아들이 없다고 많이 고민하는 여자가 아직도 많다고 하니까. 저 아줌마 고민도 단순하고(단순한 고민이 어디 있을까) 개인적인 것이 아닐 거야(개인적인 고민이란 무엇이고 개인적이지 않은 고민이란 무엇인가). 저 아줌마도 아마 남편이나 시부모 눈치 보면서 고생하셨던 게 아닌가 싶은데(너는 그것을 내 눈으로 봤는가)" 나는, 나도, 이제 통역할 필요없는 바다로 빠져나가고 싶다. 침묵하고 싶다. 내 말은 다 그 바다 표면에 뜨고 만다. 기름처럼, 세제거품처럼.

갑자기 다른 친구 생각이 난다. 세 살 먹은 여자 꼬마와 함께 한국에 온 엄마유학생. 꼬마는 유치원 다니고 엄마는 대학교 다닌다. "이 애가 '우리나라 좋은 나라'

부르는 것을 보면 참 웃겨." 하며 엄마는 웃는다. 애 이름은 나츠미. 그 이름의 뜻은 여름바다.

"아무도 바라보지 않을 때 바다는 그 바다가 아니다" 라고 앙리 미쇼가 썼다. 아무도 안 볼 때 저 바다는 일본해도 동해도 아닌 것일까? 아무도 바라보지 않을 때도 눈이 펑펑 내리던 내 고향 겨울 바다. 먹구름 낀 하늘 아래 눈만 내리면 우산을 받고 보러 가고 싶어지던 바다. 눈높이까지 들어 올린 콜라병 속에 한두 방울로 남아 있던 저 겨울 바다.

생명

아무도 거기서
나가지 못한다
강에서 강물이
강물에서 강이
빠져나간 적이 없는 듯

빠져나가지 못한다
과실(果實)에서 과육(果肉)이
과육(果肉)에서 과실(果實)이
빠져나간 적이 없는 듯

첫눈

눈(雪)은 눈(目)처럼 젖어
눈처럼 보드랍게
고개 숙인 대지로 찾아와
그 어깨를 살짝 두드린다
약속이 못 지켜진 지상으로 찾아와
살그머니 손길을 뻗다가
땅의 가슴 가까이 눈 감으며
그늘진 가슴 가까이 숨죽이며
이윽고 녹아 간다
이루어질 때의
약속처럼

거울

겨울 숲속
깊숙이 들어가면
문득 어떤 거울을 느낀다
길 잃기 두려워
망설이고 망설이며
가랑잎 사각사각 밟아 가다가
이 미로 어딘가에 있을
텅 빈 공터와
거기서 잠잠히 녹슬어 가는
오래된 거울을 느낀다
아예 미로가 스스로 미로라고
모르는 채로 알지 못하는 것처럼
스스로 거울이라 여기지도 않는
모든 것들을 비추어 내는
고요한 거울을 느낀다
스스로 답이라고 여기지 않으면서
다가오는 말을 느낀다
겨울 숲 품에
깊숙이 갈수록

아득하고 해맑은 거울을 느끼고
그것이 보얗게 비추어 내는
대낮 별자리를 느낀다
가물가물 돌고 있는 별자리를

구름다리 위에서

달려가는 차 테일라이트는 다 빨갛고
고추로 만든 강 같다
달려오는 차 헤드라이트는 다 하얗고
나를 다 쳐다본다
흐름
빠질 생각 없이 다리를 다 건너기 어렵다
여기 와서 처음 샀던 신발이 사흘도 안 가 부서져버렸
다

국도 따라 군인처럼 줄 서 있는
손을 머리 위로 들고 줄 서는 가로수들
포장마차 치우고 끌고 가는
소리가 들린다
빨간 흐름과 하얀 흐름은 결코 섞이지 않는다
모두 다 오늘 갈 데가 있구나
여기 오기 전에 뭐가 꿈이었는지 다 잊어버렸다

눈보라

1

눈보라 속 저쪽에서 사람이 걸어온다. 저 사람 역시 지금 '눈보라 속 저쪽에서 사람이 걸어온다.' 하고 생각 하고 있을 것이다. 무릎보다 높이 쌓인 눈. 사람이 가까 스로 빠져나갈 만한 좁다란 길 양쪽에서 나와 그 사람은 서로 마주 보며 걸어가는 거다. 사람들은 언제 맞스치기 시작하는 것일까? 그것은 이미 시작됐는가? 하여튼 둘 은 서로 다가간다. 지상에 단 둘이만 남겨져버린 것처럼 마침내 마주친 그 순간, 한 사람이 빠져나가는 동안 또 한 사람은 한편으로 몸을 비키며 멈추어 서서 길을 양보 한다. 그때 둘이는 인사를 주고받는다. 그것이 내 고향 설국의 오래된 습관이다.

"눈보라 속 저 멀리서 사람이 걸어온다." 그것을 인정 했을 때부터 이미 맞스치기는 시작된 것이다. 누가 먼저 길을 양보하느냐는 그때가 와야 알 수가 있다.

나는 한때 그런 식으로 눈보라 속 멀리서 걸어오는 조 선의 모습을 만났다.

아직도 같은 눈보라 속을 다니고 있다.

2

수업이 심심하게 느껴지는 겨울날 오후에는 옆자리
애랑 내기하며 놀았다. 그것은 이런 식으로 하는 내기이
다. 먼저 창문 밖에서 풀풀 나는 눈송이 속에서 각자가
눈송이를 하나씩 뽑는다. 건너편 교실 저 창문 언저리에
서 운명적으로 뽑힌 그 눈송이 하나만을 눈으로 줄곧 따
라간다. 먼저 눈송이가 땅에 착지해버린 쪽이 지는 것이
다. "정했어." 내가 낮은 소리로 말하자 "나도" 하고 그
애도 말한다. 그 애가 뽑은 눈송이가 어느 것인지 나는
도대체 모르지만 하여튼 제 것을 따라간다. 잠시 후 어
느 쪽인가 말한다. "떨어졌어." "내가 이겼네." 또 하나
가 말한다. 거짓말해도 절대로 들킬 수 없는데 서로 속
일 생각 하나 없이 선생님 야단 맞을 때까지 열중했다.
놓치지 않도록. 딴 눈송이들과 헷갈리지 않도록 온 신경
을 다 집중시키고 따라가야 한다. 다른 모든 눈송이와
아주 비슷하게 생긴 단 하나의 눈송이.

나는 한때 그런 식으로 사람을 만났다. 아직도 눈보라
속 여전히 그 눈송이는 지상에 안 닿아 있다.

손톱

달동네 한복판에
어깨처럼 완만한
언덕 중턱에
눈이 남아 있다
집들이 철거된 그 자리에

거기에만 땅이
남았으니
눈이 녹지 않고 남아 있다
몽땅 가져갔고
땅만 남았으니

달동네 한복판에
도장으로 찍을 만한
조그마한 하얀 표가 있다
"인정 안 해"라고
하얀 인주로 찍을
도장처럼

청량리

닫혀 있을 때 문에는 그림자가 없다. 이른바 문은 잠재적으로 그림자의 알리바이다. 전혀 없는 것처럼 보이는 문을 알고 있다. 완전히 투명하기 때문에 아무도 거기를 경계로 삼아 내부와 외부가 있다는 것을 깨닫지 않는다. 그저 어린이들이 분 저공해 세제 비눗방울들이 날아가다가 꼭 저기서 깨지는 모양을 조심스럽게 보면 거기에 뭔가 있다는 것을 알 수 있다. 문의 입장은 중립적이다. 출구이기도 하고 입구이기도 하다. 도망가는 이에게도 쫓아가는 이에게도 똑같이 길을 양보한다. 문이 창문이 아닌 것은 문 책임이 아니다. 그러니까 아무도 문을 나무라지 않는다. 이따금 거기로 낀 치맛자락이 바람에 펄럭여 있더라도. 이따금 비명소리가 사라진 다음에 문 모양대로 서리가 내려 있더라도.

닫혀 있을 때 문은 그림자가 없다. 문은 그림자를 인질로 삼아 자기 입장을 지킨다.

골목 도중으로, 횡단보도 도중으로 없는 척하면서 닫혀 있는 많은 문들.

두 번 절망하면 이 문을 열고 들어와라고 쓰여 있다.

날개

지하철 1호선과 2호선을 잇는
긴 통로에서
아침부터 새털 하나가
날고 있다
누군가의 오리털 재킷에 구멍이 나서
거기서 빠져나가
사람 어깨로 앉아
사르르 떨어져
떠오르며
착지(着地)하지 못하는
착지 못하는
물새 솜털

그런 일은 자주 있을 수 있다
재킷에 구멍이 뚫어진다는 것
그러면 이런 일은 어떨까
수십 년간 사람이 다니지 않았기 때문에
어떤 강이 차차 되젊어진다는 것
이미 딴 곳에서 전멸된 물새가

거기서 오히려 젊어져 간다는 것

해질녘 거기서 한 마리가

갑자기 파드닥 몸부림치면

도시에서 사는 사람들이

하나같이 멈추어 선다는 것

젊어지는 강과 늙어가는 거리 그

침침한 교차점에서

새털 하나가 날고 있다는 것

막차가 차고에 들어간 후

아무도 없는 캄캄한 통로에

날며 날며 착지하지 않고

누군가의 재킷에는 못 돌아간다는 것

이 모든 가정들은 어쩌면

하다가 만 말 같다

이미 출발했다는 것

억제된 존재

국민학교 다닐 때 집에 월남전쟁 반대를 호소하는 달력이 있었다. 월남사진가가 찍은 사진들을 모아 만들어진 달력이었다. 유월은 어린 꼬마 여자 사진이었지. 제목이 '아빠의 모자'. 지나치게 큰 아빠 군모를 쓰고 방실거리며 카메라 쪽을 보는 부리부리한 두 눈동자. 다섯 살이나 먹어 보이는 여자 어린이.

그 애가 어떻게 되었는지 자꾸 궁금할 때가 있었다. 일 년이 지나 아버지가 달력을 버리려고 하셨을 때 나는 그것을 달라고 해서 얻었지. 그 애는 내 동생 같았어. (나는 여동생을 가지고 싶었다.) 얼마 동안 소중하게 서랍에다 넣어 두었는데 모르는 사이에 잃어버렸다. 물건이 없어질 때란 참 신기하다. 어떤 식으로 사라지게 됐는지 그 순간에 내가 있어본 적이 한번도 없다.

그 애가 어떻게 되었을까 갑자기 생각날 때가 지금도 있다. 특히 겨울이 다가와 모든 소리가 잠잠해지며 고요하다 보면 뭘 해야 하는지 모를 때 그렇지만 해야만 할 일이 많이 있게 느껴질 때 그 달력은 지금도 계속 존재한다. 단지 내가 잃어버렸을 뿐 아마도 쓰레기 처리 공장에서 불타서 재가 되고 어디 흙에 섞여 있겠지. 하지만 혹시 내가 저 어린 꼬마 초롱초롱한 두 눈동자에 무슨 신호를 보낼 수 있다면, 그리고 재가 돼서 흙이 된 종이와 인쇄잉크가 그것을 받을 수만 있고 나한테 다시 신호를 보낼 수 있다면 그것이 어디 있는지 당장 찾을 수 있으리라.

물건이 사라질 땐 참 이상해. 아무도 그 순간을 기억하지 못해. 그 달력 보면서 살았던 무렵 학교 가는 길에서 자갈돌 속에서 예쁜 흰 돌 줍는 게 좋았다. 아마 석영이나 장석이었겠지. 엄마가 여러 번 버리라고 하셔도 절대로 그러지 못했다. 꽤 오래 간직했으며 지금도 그 정다운 해맑은 단면 하나하나까지 뚜렷이 떠오르는데 사실은 하나도 안 남아 있다. 하지만 저 돌 하나하나에 음악을 하나씩 담을 수 있다면 그리고 돌들이 그것에 어울려 울릴 수만 있다면 나는 저 돌들을 찾을 수 있을 텐데. 불러낼 수 있을 텐데.

그 음악만 알면

그 방법만 알면

하고 생각하는데 그런 일이 가능하다면 이 땅에서 수십 년
식구를 찾아온 이산가족들도 벌써 아끼는 사람을 불러낼
수 있었을 텐데.

사이

언어가 있다고 치면
앞바다와 먼바다 사이로

내가 있다고 치면
남과 북 사이에 있다

누가 지금 운다면
가슴과 마음 사이에서

뭔가 시작한다고 치면
역사와 기록 사이에서

~를 가지고 싶다면
(그것이 무엇이든)
그것은 사이에 있다 말과 기억 사이
눈동자와 눈빛 사이
약속과 침묵 사이에서 일어선다

당신이 오신다고 치면

(당신이 누구든)

오후 12시와 오전 1시 사이

그 오랜 일순(一瞬)에 오신다

그 오랜 환한 일순에

비밀

불 끈 다음에
눈이 어둠에 익숙해지기까지의 짧은 시간

그것만 모아서
한 세기를 뜨고

그래야 간신히
여자에게 닿는다

불은 물에서 태어나
불을 알고 싶으며

엑스터시와 마찬가지로
껍질 벗기는 데 어찔하는 과일이네

나비

노을녘
도로 확장 공사터 따라
커다란 나비 한 마리가 간다
그것은 크나큰 짚다발을 멘 할아버지의 실루엣
한가운데를 느슨하게 묶은
무거운 짚다발이 날개 같다
어디서 왔고 어디까지 가는가
가까이 논도 안 보이는데
이 나비가 나는 모습을 보고 싶다
황톳길을 차고
끝내 살짝 뛰어 올라가는 모습을 보고 싶다
노을녘
긴 빨간 활주로를 차고

지금 외출 중이오니

세월은 어디 갔나
세월은 어느 늪에 약수 뜨러 갔나
세월은 어느 출근길에서 행방불명되었나

세월은 어디 갔나
세월은 어느 어이없이 먼 우주로 이민 갔나
세월이 행방불명된 것인지
우리는 갈아타는 장소를 알 수가 없다
내가 잡는 난간마다 부서진다
이 땅에서는

세월에게 전화해봐도
자동녹음기가 되뇔 뿐이다
지금 외출 중이오니
지금 외출 중이오니

그 지하도에서

그 지하도 한가운데 구멍가게가 있다

강 가운데의 모래톱처럼 말이다

가끔 사람이 스포츠신문이나 우유, 과자 따위를 사고

간다

할머니가 항상 티브이를 보면서 장사하고

안경 쓰고 통통한 손자가 가게 옆으로 책상을 끌어내

고

고개 숙이며 열심히 자연 숙제를 하고 있다

소년은 지하도 벽을 향해 앉아

선생님 말씀을 상기하려고 한다

水 金 地 火 木 土 天 海 冥

희부연 지하도 불 아래

태양계 구성에 대해서 생각하려고 한다

가을, 할머니 모습은 안 보이고

소년이 홀로 가게를 지키고 있다

무뚝뚝하게 잔돈을 내밀면서

눈은 TV 화면을 따라가고 있다. TV에 물리면

그는 가게를 나와 농구연습을 한다

지하도의 흰 벽, 원래 회었던 벽에
4B연필로 대충 그린 동그라미가 그의 골이다
목표이다
더러운 공으로 슛을 할 때마다
그의 골은 어딘가 비뚤어진 혹성처럼 거무튀튀하게
더러워져 간다
첫겨울, 소년은 지하도에서 숙제를 안 하고
농구연습도 안 한다
가게에는 다시 할머니가 앉아 있고
물이 졸졸 새는 지하도 벽에
소년의 골이 그대로 남아 있다
가끔 신에 붙은 가랑잎을 거기 남기며 지나가는 사람
이 있지만
아무도 4B연필로 그린 동그라미가
소년의 목표인 줄 모른다
숙제는 다 끝났을까
水 金 地 火 木 土 天 海 冥
천체의 운행과
무슨 숙제가 끝날 수 있을까

月 火 水 木 金 土

인체의 운행

숙제 있는 별은 이 혹성뿐일까

정말 이 별 하나뿐일까

고향의 봄

봄이 왔다고 뭐가 그렇게 좋으냐
하던 때가 엊그제 같은데
벌써 한여름이다
한국의 봄 가을이 참 짧구나
친구가 준 카세트테이프를 들으면서
버스 탄다

버스가 독립문까지 왔을 때
갑자기 노래 반주가 피아노로 바뀌었다
나는 내려서 울고 싶었다
아니면 이렇게 말하고 싶었다
"이제 이해했어요
이 노래를, 그리고
실향민이란 말이 있는 까닭을."
국민학교 학생처럼
손을 들고 큰 소리로

나는 다음주 여기서 떠나지만
냇가의 수양버들 춤추는 동네여

옛 고향들이여

여기서는

죽은 김현식 씨가

그립습니다

그립습니다

그립습니다

하고 노래 부르고 있었습니다

유리 조각

나중에 서울이 생각날 때
덕수궁도 63빌딩도 남산타워도
생각나지는 않으리라
덕수궁 앞에 내리는 가랑잎
그것은 생각나리라 가을이 되면 그러나
밤마다 길마다 반짝거린
유리 조각들이 더 생각날 거다

왜 서울에서는 날마다 이렇게 많은 유리들이 깨지는
가
자동차 앞유리, 부서진 소주병,
거기에 있었다는 것조차 깨닫지 못할 뻔한
유래 모르는 유리 조각들
홀로 밤길을 걸어다닐 때
반짝거렸던 야한 유리 조각들

그리고 더욱 생각날 거다
학교 가는 비탈길에서
어느 날 본 손거울

차에 치인 지 얼마 안 돼

아직도 모양을 남긴 채

산산조각이 되었지만

거울조각 하나하나가

하나씩 하늘을 비추고 있었다

완전히 깨진 손거울이

오월의 하늘을 받으면서

조각 하나하나 완벽했다

달램

사과를 씹듯이
가만히 시간을 씹고
한 마리의 상처 입은 짐승처럼
조심조심 걸어가는 하루를 달랜다
한밤중에
사과를 씻듯이 꿈을 씻고
그 물방울들이 떨어지는 소리를 듣는다
사과를 굴리듯이
꿈을
멀리 내일로 보내면서

신음소리

시간의 입술이 거칠더라도
그 살결이 곱지 못하더라도
중요한 것은
세월의 신음을 확인하는 것
그것을 자기 속에 듣고 나서
결코 세지 말고
낳은 것
그대로

섬으로 가는 길

저쪽에서 보면
이 물결 어디 들어도
한번쯤은 수평선이었지
한 올의 머리카락처럼
후회처럼
가느다란 수평선 몇 번 넘이도
섬으로는 못 가
섬으로는 못 가
받지 못하던 벌을 받지 못한 채
굵은 빗줄기에 젖어
떠난다 저쪽에서 봤을 때
한번쯤은 수평선이었던 여기에서
지도 없이
해도 없이
지상에서 이미 시작된
섬으로 가는 길

2011.6 후쿠시마에서

1

하늘의 한쪽 어깨가

쑥 올라간다

하늘이 울지 않으려고 참고 있기 때문이다.

저 어깨를 내려줄 수 있다면

그럴 수만 있다면

하면서

하늘을 올려다보고 있다

2

물이 화상을 입고

하늘이 구토감을 참고 있다

맑게 갠 날씨, 조용한 마을

목소리 없는 비명소리가

다 휘발된 뒤에 펼쳐지는

매우 맑은 악몽들

마치 현실처럼

앞뒤가 전혀 맞지 않은 채 투명해져가는 악몽들

3

모든 것이 빠져나간 건물에 남겨진
난간도 없고 층계참도 없는
오로지 올라가야 할 뿐인
끝없이 긴 나선계단
그 도중에 잠산 앉아 아이를 낳는 여자

4

대기중 비명농도(悲鳴濃度)는 이제
한계를 넘었다
들판과 거리, 마을과 동네가 아직
인질이 되어 있다

5

목소리 없는 비명소리는
마치 증발된 것처럼 보이면서도
빗물에 녹아서 다시 한번
땅 위로 돌아온다

2015.5-1

바짝 마른 기억
굳어진 기억
기억에 물을 주었다
다음날
무말랭이처럼 얌전하게
기억이 물에 불려
식감이 되살아났다
어금니로 악물면
쓴맛도 되살아났다
이 싱싱한 쓴맛 저편에
몇십 년에 한번 올까 말까 하는 호우가 그친 뒤의 시
원한 하늘 냄새가 난다

2015.5-2

내가 태어난 그날 모습을

할머니가 다 된 내가 쳐다보고 있다

누워서 움직이지 못하게 늙어빠진 나를

태아인 내가 바라보고 있다

둘 다 내가 처음 보는 사람이지만

두 사람 사이로

모든 이야기가 이미 오래전에 순조롭게 끝난 모양이

며

이제 내가 덧붙여야 할 말 한마디 없는 것 같았다

自序 •

여기 실린 시들은

하나를 제외하고 모두 한국에 와서 쓴 것들이다.

1년 3개월이란 짧은 기간 동안

어떻게 이렇게 많은 시가 나를 찾아와 주었는지……

서투른 한국말로 시를 쓴다는 것은 두렵기도 했고

또 기쁨일 수도 있었다.

나의 서울생활은 보고 느끼는 시간이었다.

이제 생각할 시간을 갖고 싶다.

이곳을 떠나며 나에게 많은 시를 쓰게 해준 이 땅에

이 책을 두려운 마음으로 바친다.

— 1993 · 사이토 마리코

• 『입국』의 자서.

오로지 무언가를 보는 일

서울에서 내가 한 것이 있다면 그건 오로지 무언가를 보는 일, 그것뿐이었다.

그 도시에서 보낸 시간은 1991년 봄부터 1992년의 초여름까지 약 1년 2개월에 불과했다. 그 사이에 50편 이상의 시가 "나왔다"("시를 썼다"라기보다는 이렇게 말하는 것이 내 실감에 훨씬 가깝다). 짧은 기간이었음에도 불구하고 신기할 만큼 많은 시가 "나왔"고, 또 그러기 위해서 어떤 힘도 필요하지 않았다. 아마 이런 일은 일생에 한번밖에 없을 것이다. 아무래도 당시 한국의 공기 중에 뭔가 시를 유발하는 성분이 포함된 것 같았다. 사실 그후 2011년의 대지진 및 후쿠시마 원전사고 때를 제외하고 나는 한번도 시를 쓰지 않았다. (이 책의 말미에 그것들도 수록했다.)

내 한국어 실력은 높지 않았다. 만약 한국말이 유창했더라면 오히려 시를 안 썼을 것이다. 눈으로 본 것, 마음에 떠오른 것을 말하고 싶어도 제대로 못했던 답답함이 시를 쓰게 만들었던 것이 아닌가 싶다. 나중에 외국어로 시를 쓴다는 것이 가능하냐는 질문을 받기도 했지만 시니까 가능했던 것이다. 논문이나 신문기사를 써보라 하면 할 수 없었을 테니까.

그 후 23년 동안, 나는 이 책의 존재조차 잊고 살았다. 이번에 다시 읽어보고 그중 반 정도는 내가 썼다는 사실이 믿기지가 않았다. 묘한 비유이지만 내가 과거에 가르

치던 학생이 내가 모르는 사이에 모르는 곳에서 나의 일기나 편지를 제멋대로 발표하여 들통이 난 듯한 그런 느낌이다.

그럼에도 불구하고 이 책을 다시 출간하기로 한 것은 한국 출판사의 권유가 있었기 때문이기도 하고, 또 이 작품들에는 1990년대 초에 외국인의 눈으로 본 한국인의 모습이 그대로 기록되어 있기 때문이기도 하다. 여기에 등장하는 이름도 모르는 많은 분들, 또 동물과 식물들에게 감사를 드리고 싶다.

여기에 실린 시를 처음에 썼을 때는 먼저 일본어로 쓰고 나중에 한국어로 고쳤다. 그러다, 쓰면서 번역하기 어려운 말이 나오자 다른 말로 바꾸어 쓰고 또 한국어로 번역하기 쉬운 말을 골라서 쓰게 되었다. 그다음에는 처음부터 한국어로 생각하고 한국어로 쓰는 것이 오히려 편하다는 결론에 이르렀다.

문법적으로는 어색한 점이 많아 이 문제를 어떻게 해야 할지 고민했다. 그러나 나는 편집자의 경험을 통해서 외국인이나 어린이가 쓴 독특한 글을 수정하면 완전히 다른 글로 변한다는 것을 알고 있다. 그래서 이번에는 많은 수정은 하지 않고 지금의 내가 보고 마음에 안 드는 부분만 고쳤다.

23년간의 변화에 대해서는 많은 것을 쓰지 않기로 한다. 당시를 아는 분들은 모두 이해해주실 것이라 믿는다. 한국도 일본도 너무나도 많이 변해서, 지금 자신의 현주소가 어딘지를 짚을 수 없는 상태이다.

그래도 우리는 살아 있다.

제대로 퇴고도 못한 책을 다시 내는 것이 무책임하지 않나 싶어 망설이기도 했다. 하지만 한국 독자들은 넓은 마음으로 시집이라기 힘든 이 책을 받아들였고 또 외국인이 쓴 것이라고 특별하게 다루지 않고 단지 시의 보편적 가치를 살피는 과정에서 나의 작품에도 시선을 멈추어주신 것 같다. 여러분의 너그러움에 감사를 드린다.

이어시 전부는 아니지만 개별 작품에 대해서 기억나는 대로 적어본다.

「서시」

1990년에 일본에서 낸 시집『울림 날개침 눈보라』(일본말로는 "히비키 하바타키 후부키"라고 운을 맞추고 있다)의 첫머리에 수록한 시. 이는 일본어로 쓴 것을 내가 번역했다. 처음에 쓴 것은 23세 때. 이때부터 나무, 특히 거목에 동경심을 가졌다.

「입국」

1993년에 시집『입국』교정본을 받았을 때 나는 왜 '입국'이라는 제목인지 궁금했다. 그리고 교정을 거의 마치고 교정본 목차를 봤을 때, 거기에서 '입국'이라는 제목을 발견하고 얼마나 놀랐는지 모른다. 내 기억으로는 그것은 그저 '겨울'이라고 간단하게 붙인 제목이었다. 해협이라는 단어가 나오고, 그리고 외국인이 쓴 것이기 때문에 '입국'이란 제목이 맞을 것이다. 하지만 나로서는 입국과 출국이라는 단어는 공항이나 출입국관리사무소에서 보는 말에 지나지 않아서 그 어감의 차이를 흥미롭게 느꼈다.

「미열」

여기서부터는 작품이 시계열적으로 되어 있어 내가 서울에서 경험한 사계절을 그대로 더듬을 수 있다.

이 시를 쓴 것은 아마 오월이나 유월 같다. 나는 서울에서 나무만 바라보며 살았다. 여기에 나오는 비원 부근의 나무 이야기를 해준 "한 친구"는 당시 연세대학교에 다니는 여대생이었다. 어떤 사연으로 서로 알게 되었는지는 기억이 안 난다. 그녀가 이야기해준 서울대학병원과 플라타너스나무의 성장의 인과관계를 증명하는 것은 어려울 것 같다. 그러나 그녀와 함께 걸으며 나무 이야기를 들었을 때, 갑자기 거리의 가로수의 녹색이 너무나도 생생하게 다가오는 듯한 충격을 받았다. 나는 그 일주일 전에 비원 앞을 지나 나무와 그 그림자를 매우 인상 깊게 보았기 때문이다. 그때 나는 서울이라는 도시가 가진 잊으면 안 될 한 면을 이해했다.

「비 오는 날의 인사」

"시인이 시인이라는 이유만으로 학살당했다. 그런 시대가 있었다"라는 부분은 일본에서 가장 유명한 여성시인 이바라기 노리코의『한글로의 여행』이라는 수필집에서 인용했다.

나는 중학생 때부터 이바라기 노리코 시인의 시를 애독해왔다. 그분은 50세를 넘어서 한국어 공부를 시작하고 1989년에는 번역 시집『한국 현대 시집』을 출판하셨다. 나와는 비교도 안 되지만 이바라기 시인도 한국어를 공부했다는 생각을 하니 너무 기뻤다. 한류 붐 이전에 한국어와 한국 문화의 가치를 일본인에게 알린 점에서 이바라기 시인의 역할은 매우 컸다.

『한글로의 여행』에는 이바라기 시인이 윤동주 시인의 동생 윤일주 교수와 만난 일이 적혀 있다. 윤일주 교수는 1984년 도쿄대 생산기술원 연구교수로 왔고 그때 이바라기 작가와 만났다고 한다. 이바라기 시인은 윤일주 교수의 인상을 "정말 훌륭한 '인간'이 되었군요"라고 쓰고 있어 매우 인상적이었다.

"여기는 윤동주 선배님의 조용한 안식처입니다. 담배 꽁초를 버리지 맙시다"라는 팻말의 글은 실제로 메모한 것을 그대로 적었다. 이 시비(詩碑)도 윤일주 교수가 설계했다고 한다.

윤동주 시인과 그 작품은 현재 일본에서도 널리 알려져 있으며, 사랑 받고 있다. 윤동주 시인이 재학한 도시샤대학과 그가 하숙한 집터에는 시비가 세워졌다.

이 책『한글로의 여행』은 한국에도 번역되어 있다.

「이 렌즈는 푸름을 지나치게 통과시킨다」

서울에 와서 얼마 안 되었을 때 학생과 시민이 분신자살하는 사건이 연이어 일어났다. 그 상황을 개탄하는 지식인의 글을 열심히 읽은 기억이 있다. 너무나도 큰 렌즈가 반사하는 빛에 현기증이 나서 꼼짝 못하는 느낌이었다. 지금 생각하면 그때는 1987년부터 오로지 4년밖에 지나지 않았다. 당시는 오히려 "벌써 4년이나 지났구나"라고 느꼈다. 그때를 생각하면 지금도 어지러움을 느낀다.

「토장(土葬)」

한국에 오기 직전에 내가 너무나 좋아하던 고모가 돌아가셨다. "부드러웠던 몸이 딱딱하게 굳어져가는 이 순간"이란 그때의 기억을 바탕으로 했다. 사람이 죽은 뒤 신체의 부피가 사라지는(납작해지는 느낌) 것이 슬펐지만 한국의 무덤의 둥근 모양이나 풀로 덮인 그 질감 등을 보았을 때 큰 위로를 받았던 것 같다.

「서울」

거리를 걸으면 사람과 자주 어깨가 부딪친다. 매일 몇 번이나 부딪치기에 어깨의 존재감을 강하게 의식하게 되었지만 한 달이 지나자 익숙해졌다.

「소식」

이 작품은 나중에 일본 잡지 『현대시 수첩』의 의뢰를 받아 일본어로 번역해서 발표했는데 번역이 너무 어려웠다. 추상성이 높은 작품이라 그랬던 것 같다. 어떤 경험이나 실감이 아닌 서의 관념 속에서 쓴 시이나. 이 무렵부터 한국어로만 쓰게 되었다.

「서울 사람 2」

"이 나라에서 꽃은 속삭이지 않는다/ 이 나라에서 꽃은 외친다."

이 부분은 일본에서 한국에 와서 겨울부터 봄까지의 시기를 체험한 사람이라면 누구나 공감할 것이라 생각한다. 하룻밤 자고 일어나면 어제까지는 분명히 봉오리였던 개나리나 진달래가 다 일제히 피어 있다. 그것이 마치 외치는 모습과도 같았다. 일본의 봄은, 꽃은 조금씩 피기 시작하고 차츰 만개하는 것이었다.

「광합성」

서울에 와서 한동안은 피곤하거나 화나는 일이 많았다. 그런 일들이 점점 사그라들 무렵 일본에서 친구가 와서 음악과 미술을 하는 사람들과 함께 동행하는 기회가 늘어났고, 한국의 방방곳곳을 돌아다녔다. 그들의 한국인 친구, 그 친구의 친구들을 만나며 지인들이 늘어났다. 그런 즐겁고 떠들썩한 시기가 지나고 또 조용해졌을 무렵에 "나온" 시이다. 아무런 어려움 없이 진솔한 마음으로부터 "나온" 시이다.

여기 나오는 헌책방 할아버지와의 대화는 실제로 있었던 일이다. 책은 원래 나무였다는 말이 참으로 인상적이어서 내 안에 깊이 뿌리박혀 있었던 것 같다. 이 시집에서 가장 마음에 드는 시인데, 그 이유는 역시 그 헌책방 할아버지가 등장하기 때문이다.

또 "어느 사회심리학 책"이란 데이비드 리스먼의 『고독한 군중』이다. 나는 아직 이 책을 읽을 기회가 없었다. 살아 있는 동안에 꼭 읽고 싶다.

마지막 부분에 나오는 나무와 새도 내가 신촌 인근에서 본 것이다. 이대 앞 버스 정류장에서 버스를 기다리고 있을 때 실제로 본 것인데, 너무나도 신기한 광경이었기에 시로 쓰지 않을 수 없었다.

「신촌 부근」

유학 생활은 힘들어지기 쉽다. 뜻대로 되지 않는 일도 많았고 화나는 일도 많았다. 지금 생각하면 외국에 와서 살았으니 당연한 일이었지만 당시에는 머리로는 이해해도 먼저 몸이 화를 내고 있었으니 어쩔 수 없었다. 지금 이 시를 읽고 생각나는 것은 전 세계 유학생들이여 힘내라는 것이다.

「굴절률」

여기 나오는 병아리도 실제로 본 것으로, 상당히 강한 인상이 남아 있지만 까치에 대해서는 전혀 기억나지 않는다. 누군가로부터 들은 이야기를 썼는지도 모른다. 자기 말도 남의 말도 하나로 녹아버려서 함께 뒤틀린 듯하다.

「태백」

나는 언제나 석탄을 좋아했다. 탄광에 마음이 끌리는 일도 많았다. 젊었을 때는 규슈(九州) 지역의 치쿠호우(筑豊) 탄광지대를 자주 찾아다녔는데, 당시 그곳은 이미 폐쇄되어 있어서, 그곳을 찾아가는 일은 마치 고대 유적을 탐방하는 것과 비슷했다. 옛날에 치쿠호우에서 근무하던 몇 분과 만났는데 그들은 석탄을 매우 사랑했고 지금도 어디쯤에서 질 좋은 석탄을 캘 수 있는지 알고 있었다. 다음에 또 오일 쇼크 사태가 일어나면 거기에서 석탄을 캐겠다고 하였다.

소개해줄 사람이 있어 태백의 탄광지대를 견학한 것은 늦가을쯤이었다. 이 시 속에 나오는 사물함을 보았을 때는 다들 말수가 적어지고, 이윽고 침묵한 기억이 있다.

예상했지만 그곳에서 목격한 것은 매우 무겁게 다가왔으며 아직도 소화하지 못하고 있다. 세계 어느 나라든 탄광은 자본주의의 최고 지층을 이루고 있으며, 그 지층과 무관한 사람은 없다. 말을 잃어버릴 수 있는 사람은 다행이다. 땅속에는 잃을 말조차 없던 사람들의 영혼이 잠들어 있다.

얼마 전 「꽃 피는 봄이 오면」이라는 영화를 봤다. 삼척시의 도계읍이 무대인 이 영화는 중학교 관현악 서클의 학생들이 활약한다는 줄거리이다. 탄광 노동자들이 갱도의 출구로 나올 때, 거기에 "오늘도 무사히"라고 적힌 간판이 걸려 있었다. 그것을 본 순간 눈물이 났다. 나는 영화를 보고 우는 일은 거의 없는데 말이다.

석탄은 원래 식물이었고 생명의 흔적이다. 석탄이 생명을 따뜻하게 하는 힘을 갖고 있었기에 그것을 채굴하기 위해 다시 생명이 동원된 것이다. 그리고 석탄이 불필요하게 되면 생명이 "스크랩앤빌드(Scrap and build)"된 것이다. 츠쿠호우 탄광 지대에서는 많은 한국인이 죽었다. 석탄과 인간을 둘러싼 이야기는 인류의 오랜 숙제이며 답을 쉽게 낼 수 있는 사람은 드물 것이다.

「그림자 줍기」

어느 가을날, 동대문 시장에서 이 시의 내용 그대로 "작은 돌의 긴 그림자"를 보고 그 자리에서 쓴 시이다. 가을 햇살 아래서 열심히 일하는 사람들의 모습, 그리고 사람을 찾는 사람의 모습이 다른 무엇보다 선명하게 가슴에 남았다.

「해명」

이것 또한 실제로 있었던 이야기이다. 중학교 시절 동창 친구가 가족들과 함께 한국에 놀러와서 같이 식사를 했을 때의 추억인데 마치 연극의 한 장면 같았다. 꽃무늬 옷을 입고 아기를 안고 있던 아주머니는 지금 어떻게 지내고 계실까 궁금하다.

「눈보라」

일본어에는 "눈송이"에 해당하는 낱말(고유어)이 없다. 한자로 "설편(雪片)"이라는 낱말이 있긴 하지만 일상적으로 사용하는 단어는 아니다. 이 시를 쓴 것은 다만 눈송이라는 말을 사용하고 싶어서였다.

이 시를 썼을 때는 아마 실제로 눈이 내리는 계절이었을 것이다. 그리고 그 당시의 나는 쓰고 싶은 낱말이 하나 있으면 그것을 계기로 술술 쓸 수가 있었다. 낱말 하나만 있으면 어디까지나 걸어갈 수 있었으며 또 어디에서 멈추면 되는지도 자연스럽게 알았던 것 같다.

자신의 모국어가 아닌 언어와 만나 그것을 스스로 사용하고 싶다는 욕망을 갖는 것은 그리 드문 일이 아니라고 생각한다. 독일의 시인 라이너 마리아 릴케가 만년에 쓴 시「과수원」은 이렇게 시작한다

내가 만일 빌려온 언어로 그대에게

편지를 쓸 용기를 냈다면,

그것은 아마도

과수원이라는 이 소박한 명사를 사용하기 위해서였

을 것이다.

(김정란 옮김)

릴케와 견주어 말하는 것은 매우 불손한 일이지만 나도 눈송이라는 낱말을 발음할 때, 특히 "송이"라는 부분을 발음할 때 ㅇ에서 ㅇ로 공기가 마찰하는 듯한 느낌, 소리의 가벼움과 무게, 거기에 감도는 눈의 향기와도 같은 무언가가 "눈송이"를 발음한 순간에 나타나는 집합체로서 눈이 아닌 눈송이 하나하나의 존재감, 그 하나하나 모든 것을 좋아했다.

일본어에는 존재하지 않고 시에 사용하고 싶다고 생각한 말은 눈송이 이외에도 있다. 예를 들면 "숨결". 일

본어에도 비슷한 낱말이 있지만 완전히 같은 의미의 낱말은 없다. "언젠가 이 낱말을 나름대로 살려서 시를 썼으면" 하는 욕구는 모국어가 아니었기에 느꼈을지도 모른다.

이야기가 자꾸 샛길로 새어 미안하지만, 나는 정지용 시인이 몇 편의 시를 일본어로 써서 남겨준 것에 대해 매우 감사한다. 그리고 그 시편들을 이루 말할 수 없을 정도로 소중하게 생각한다. 하지만 이에는 결코 단순하지 않은 문제들이 있다. 정지용 시인은 유학 시절 중, 기타하라 하쿠슈(北原白秋)가 주재하는 잡지 『근대 풍경』에 일본어로 쓴 시를 기고했다. 하쿠슈는 당시 최고의 시인 중 한 사람이었는데 그는 아직 무명의 조선인 유학생인 정지용의 작품을 매우 사랑하고 격찬하여 유명 시인의 작품과 나란히 잡지에 실었다. 정지용 시인 역시 하쿠슈의 시를 사랑하고 그를 존경했지만 결코 그 마음의 전부를 일본어 시에 담지는 않았다. 나는 그 사실을 잘 알고 있다. 그래도 정지용 시인이 일본어로 쓴 시를 읽을 때, 수많은 고난을 넘어 자신의 마음의 일부를 외국어로 표현할 수 있다는 데서 감동을 느꼈다.

이 일을 생각할 때 언어와 언어의 관계는 항상 평등해야 한다는 사실을 새삼스럽게 느낀다.

「손톱」

마포에서 신촌 가는 버스 안에서 본 풍경이라고 기억한다. 얼마 전 나는 조세희 작가의 『난장이가 쏘아 올린 작은 공』을 번역했는데, 재개발과 철거민 문제가 한국 현대사에서 얼마나 큰 위치를 차지하는지 다시 한번 확인하였다.

「청량리」

어느 날 버스를 잘못 타서 청량리에 도착해버려서 한참 걸어간 적이 있다. 어딘가 불온한 분위기를 느꼈는데, 그곳이 "청량"이라는 시원한 느낌의 이름을 갖고 있다는 데 가벼운 충격을 받았다. 전혀 다른 두 세계가 너무 가까이에 존재한다는 데 당황한 것이다.

「날개」

누군가의 오리털 재킷에서 나온 깃털이 허공을 날아다니며 땅에 좀처럼 떨어지지 않는 장면을 본 적이 있다. 하지만 후반 부분은 깊이 생각하지 않고 이미지만으로 썼다.

이 시집의 수록 작품에 대해서 많은 것을 잊었지만 이 부분이 그저 이미지였다는 것은 기억하고 있다. 완전한 거짓말은 아니지만 거짓에 가까운 것이다. 가슴에 와닿은 것은 체험과 함께 녹아들어 기억할 필요도 없어지지만, 거짓말은 녹지 않고 기억에 남는다는 것이다.

「그 지하도에서」

"천체의 운행과 인체의 운행"이라는 부분을 쓰고 싶어서 쓴 시이다. 일본에 있을 때 거듭 시도해도 잘 쓰지 못했지만 서울에 와서 너무나도 간단히 실현되었다. 서울 생활에는 그런 시의 회로가 쉽게 열리는 분위기가 있었다. 지하도의 한가운데에 있는 구멍가게와 소년의 모습이 아주 사랑스러웠다.

「고향의 봄」

서울을 떠나기로 결심하자 갑자기 모든 것이 아름답게 보이기 시작했다. 버스 안에서 들은 김현식의 건전가요가 너무나 아름다워, 그의 CD를 사서 일본에 가져왔는데, 그 뒤 한번도 듣지 못하고 있다. 어쩐지 쑥스러운 것이다.

「유리 조각」

어학당에 입학 후 첫 등교날, 학교로 가는 언덕길에서 본 풍경이다. 나는 그때 아직 단 한 명의 친구도 없었고 한국에서 무엇을 하고 싶은지도 몰랐고, 더군다나 자신이 한국어로 시를 쓴다고는 생각도 못했다.

「섬으로 가는 길」

　서울을 떠나기 전날 밤 6, 7편의 시를 한꺼번에 썼는데 그중 하나이다. 섬의 이름은 오키나와이지만 그것은 또 다른 이야기이다.

단 하나의 눈송이

임선기(시인)

한 시인이 1991년 현해탄을 건너 한국으로 '입국'한다. 그녀가 한국어로 쓴 첫 시집 제목처럼. 가깝지만 먼 나라 한국. 시인 이름은 사이토 마리코(齋藤眞理子). 1960년 니가타에서 태어나 메이지대 역사학과에서 고고학을 공부한 일본인이다. 대학 재학 중 한국어 학습을 시작했고 1983년 잡지 『현대시수첩』(思潮社)에 처음으로 시를 발표한 후 1990년 같은 출판사에서 일본어로 된 첫 시집 『울림 날개침 눈보라』를 상재한다. 이상이 한국어 시집 날개에 적혀 있는 약력이다.

시인은 「자서」에서 『입국』에 실린 시들은 하나를 제외하고 모두 한국에 와서 쓴 것이라고 한다. 1년 2개월이란 짧은 기간 동안. 그리고 그 기간 동안 어떻게 그렇게 많은 시가 나왔는지…… 말을 줄이고 있다. 시인은 '시가 나왔다'고 말한다. 그리고 서투른 한국말로 시를 쓴다는 것은 두렵기도 했고 또 기쁨일 수도 있었다고 말한다. 그의 한국어는 서투른 한국어였다. 그래서 그 한국어로 시를 쓴다는 것은 그녀에게 두려운 일이었다. 그러나 바로 그렇기 때문에 기쁨일 수도 있는 역설적인 것이었다.

이어서 시인은, 서울생활은 '보고 느끼는' 시간이었다고 적고 있다. 이제 생각할 시간을 갖고 싶다고 쓴다. 그녀의 시집은 생각의 산물이 아니라 보고 느끼는 시간의 결과인 것이다. 생각이란 무엇인가? 간단히 말해 그것은 세계를 개념화한 후 어떤 개념(주어)에 대해 다른 개념(술어)을 연결하는 활동이다. 예를 들어 '산'이라는 개념에 대해 '푸르다'라는 개념을 잇는 활동이 생각이다. 그런 논리 활동을 이 시집은 담고 있지 않다. 표면적으로는 주술작용(predication)의 판단을 보여도 그녀의 언어는 판단 이전이다. 다시 말해 그녀의 언어는 논리가 아니며 보고 느낀 것, 달리 말해 감정(emotion)의 소산이다.

그녀는 채광석, 김진경, 하종오, 양성우, 박노해 등의 시와 평론을 번역하기도 했다. 한국에서는 연세대와 이화여대에서 한국어를 배웠다. 이러한 사실들은 중요하다. 왜냐하면 그녀의 시에도 눈앞의 현실을 그려내는 리얼리즘의 정신이 있기 때문이다. 또 그 현실이 그녀에게 오기까지 겪은 내력으로서의 역사가 들어 있기 때문이다. 채광석 등의 문인들은 모두 당시 우리 시에서, 말하자면 '역사적 리얼리즘'을 표현하던 그룹에 속하는 것이다. 그녀와 그들은 그런 점에서는 닮아 있다. 그녀가 연세대와 이화여대에서 한국어라는 외국어를 심화 학습한 날들도 시에 배어 있다. 그녀는 연세대에 있는 윤동주 시비를 학교를 다니며 자주 찾았다.

　　모르는 사이에 당신의 나이를 넘어 있었습니다
　　그것을 잊은 채로 당신의 나라에 와버렸고

잊은 채로 당신의 학교에까지 와버렸습니다

팔짱을 끼고 독수리상을 지나서 좀 왼쪽으로 올라가
면

당신의 비석이 서 있습니다

(…)

오늘은 비가 지독하고

(…)

여기 올 때마다 조그마한 꽃다발이 놓여 있습니다

(…)

저는 당신의 말 앞에 서 있습니다

—「비 오는 날의 인사」에서

이화여대 역시 시인의 역사적 리얼리즘에 포착되어
노래되어 있다.

크게 부푼 머리 스타일과 당당한 몸매

춤추는 듯 춤추는 듯 거리를 가는 한식 교복 차림 아
가씨들

그것은 삼일독립운동 당시 이화여전 학생들의 모습
이다

폭넓은 치맛자락을 펄럭거리며

이제 때가 왔다는 듯 행진해 나가는

늠름한 역사의 딸들이다

그 유명한 사진을 볼 때마다

따를 수 없구나 생각했다

(…)

그때가 고르비를 울리던 소련 쿠데타가 끝장이 난 시
절

캠퍼스에는 곳곳에 대자보가 게시되며

'이대 한 학우에게서 전세계 이성에게로 호소한다'

란 장시 한 편이 바람에 흔들리고 있었다

한 학우는 친한 지도자 블라디미르 일리치를

잊지 마라고 호소하는 것이었다

— 「바람개비 2」에서

23년 후 사이토 마리코는 서투른 한국어로의 시쓰기
에 대해 다음과 같이 말한다.

여기에 실린 시를 처음에 썼을 때는 먼저 일본어로
쓰고 나중에 한국어로 고쳤다. 그러다, 쓰면서 번역하
기 어려운 말이 나오자 다른 말로 바꾸어 쓰고 또 한국
어로 번역하기 쉬운 말을 골라서 쓰게 되었다. 그다음
에는 처음부터 한국어로 생각하고 한국어로 쓰는 것이
오히려 편하다는 결론에 이르렀다.

그녀는 처음에는 모어로 시를 썼고 한국어로 번역을 했다. 그러므로 이 시집의 어떤 문장은 번역된 일본어이다. 그다음, 번역이 어려운 말은 다른 말로 대체하였다. 번역 과정에서 원시가 바뀌는 장면이다. 그러므로 이 시집의 어떤 말은 대체된 말이다. 이번에는 도착어인 한국어가, 출발어인 일본어로의 시쓰기를 제약하는 단계가 된다. 그리고 마지막으로 한국어로 쓰는 것이 편한 상태에 이르게 된다. 정확히 말하면 이때만이 한국어로의 시쓰기가 실행된 때이다. 이 시집의 어느 부분이 그런 때의 증거인지 우리로서는 알 수가 없다. 사이토 마리코의 언어는 일본어와 한국어의, 생물학적으로 말하자면 교배를 통해 태어난 언어라는 점만은 알 수가 있다. 그것의 외피는 한국어이나 기존 한국어에는 낯선 언어이다.

사이토 마리코가 서투른 언어라고 부른 언어는 말하자면 교배된 언어이고 그녀는 이 언어로 썼다. 물론 그 교배는 완결된 것이 아니고 시를 쓸 때 나타났을 언어간섭들(linguistic contacts)이다. 뇌언어학이 관찰했다면 시를 쓰는 어떤 때에 그녀의 뇌에서는 모어 영역과 비모어 영역 간의 세포들이 간섭적으로 활성화하였을 것이다. 그것은 한국어 영역의 세포들로 시를 쓰는 한국 시인에게는 일어나지 않는 현상이다. 그런 한국 시인이 사이토

117

마리코처럼 시를 쓰는 일은 어렵다. 언어의 물적 토대가 다르기 때문이다. 그런데 바로 그렇기 때문에 또 한국의 시는 사이토 마리코의 언어를 눈여겨보아야 한다.

나무를 일본말로 KI라고 하며 한국말로는 NAMU라고 한다. 십년 전에 처음 한국말을 배웠을 때 '나무'란 낱말이 나의 가슴속으로 뿌리를 내렸다. 한국에 온 지 두 달 동안 줄곧 아래만 보면서 돌아다녔는데 유월이 되고 처음으로 눈을 들어 봤더니 그들이 잎사귀를 살랑거리며 서 있었다. 그들을 '나무'라고 부르면 내 속에서 '나무'가 답례했다. 십년 공들여 간신히 푸르게 자란 잎사귀들이 눈부시게 펄럭이면서.

—「광합성」에서

한국어의 '나무'라는 기호가 시인의 가슴속에 뿌리박은 후 처음으로 세계의 나무와 지시적으로 연결되는 아름다운 장면을 위의 시는 그리고 있다. 시에 따르면 그 연결에서 가슴속의 나무는 "십년 공들여 간신히 푸르게 자란 잎사귀들"을 "눈부시게 펄럭"였다. 시인은 비모어를 배우는 과정을 열 달이 아닌 십년 동안 공들여 키워야 가능한 태교의 과정으로 묘사하고 있다. 시인으로서 당연한 말 같지만 지극함이 느껴지는 자세이다. 그런데 시인은 말만 달래는 엄마가 아니다. 그녀는 말이 되기도 전의 사상까지 달랜다(「광합성」). 그것이 가능한 건 그녀가 꿈(시)을 갖고 있기 때문이다. 꿈은 십년 동안 공들여 타자의 언어를 키우며 언어가 되기 전의 사상까지 달랜다. 그녀의 이러한 모성성은 「난류」에서는 드넓은 시야 속에 드러난다.

바다를 건너가는 떼로부터
뒤처져버린 새 한 마리는
따라붙을 수 있으리라 믿고 날아가면서
어느새 바다 그 자체가 될 것이다

하루가 작은 새 한 마리라면
나는 그 긴 홰이고 싶다

—「난류」 전문

시인의 시야는 먼 곳까지 열려 있다. 거기에는 따뜻한 곳으로 이주하는 새떼가 있다. 그리고 무엇보다 뒤처진 새 한 마리가 있다. 그 새의 열망이 얼마나 큰지, 따라붙을 수 있다고 믿으며 날아가는 동안 그 새는 바다 자체가 된다. 시인은 '하루'도 이 새와 같다고 본다. 그리고 하루라는 새를 충분히 쉬게 할 수 있는 긴 홰가 되고 싶어 한다. 하루라는 새를 쉬게 하고 싶어 긴 홰가 되고자 하는 인간은 시인일 것이다.

사이토 마리코의 시는 이렇게 눈물겨운 데가 있다. 이런 시를 쓰는 사람은 사람을 어떻게 만날까? 이 궁금함을 시 「눈보라」는 풀어준다.

(…) 먼저 창문 밖에서 풀풀 나는 눈송이 속에서 각자가 눈송이를 하나씩 뽑는다. 건너편 교실 저 창문 언저리에서 운명적으로 뽑힌 그 눈송이 하나만을 눈으로 줄곧 따라간다. (…) 딴 눈송이들과 헷갈리지 않도록 온 신경을 다 집중시키고 따라가야 한다. 다른 모든 눈송이와 아주 비슷하게 생긴 단 하나의 눈송이.
나는 한때 그런 식으로 사람을 만났다. (…)
—「눈보라」에서

이것은 사랑의 장면이다. 사랑은 운명이며, 헷갈리지 않도록 온 신경을 다 집중시키고 따라가야 하는 단 하나의 눈송이라는 말은 사랑의 말이다. 그런데 시인에게 이러한 사랑의 대상은 사람뿐이 아니다. 그것은 또한 조선이라는 한국의 다른 이름이다. 조선이라는 이름은 여학생 사이토 마리코에게 눈보라 속 멀리에서 운명적으로 걸어오는 단 하나의 눈송이 같았다. 눈 많은 설국의 소녀는 그 많은 눈 중에서 한국을 사랑했고 헷갈리지 않도록 온 신경을 다 집중시키고 따라가야 한다고 생각했다. 아니 느꼈다. 그래서 "아무도 바라보지 않을 때도 눈이 펑펑 내리던 내 고향 겨울 바다. 먹구름 낀 하늘 아래 눈만 내리면 우산을 받고 보러 가고 싶어지던 바다", "눈 높이까지 들어 올린 콜라병 속에 한두 방울로 남아 있던 저 겨울 바다"(「해명」)를 두고, 한국으로 유학을 온다(「광합성」). 그때 그녀의 마음에는, "한 권(券)의 말이 한 그루 나무의 삶과 어울릴 줄 안다면", 즉 말이 삶과 일치한다면 "어느 말이라도 좋다"(「광합성」)는 신념이 있었다. 그리고 한국은 "한 그루 나무의 내력을 지켜줄 줄 알고 그 나무를 키웠던 지하수 한 방울 한 방울까지도 엎지르지 않고 괴롭히지 않고 삼켜줄 줄"(「광합성」) 아는 언어의 나라였다. 그 언어는 "시인이라는 이유만으로 학살당"한(「비 오는 날의 인사」) 시인, 윤동주의 나라의 언어였다. 그녀가 윤동주를 생각하는 마음은, "저는 당신의 종점으로부터 걸어왔습니다/ 언제나 종점으로부터 출발해왔습니다"(「비 오는 날의 인사」)는 내밀한 언어에도 나타난다.

그녀가 입국을 한 소이는 그러할 것이다. 그녀 역시 윤동주 시인처럼 "너는 자라 무엇이 되려니"라는 물음에 "사람이 되지"(「비 오는 날의 인사」)라고 답하고 싶었던 시인이었다. 그녀와 윤동주에게 시인이란 '사람'의 다른 말이었고 그것은 어떤 윤리를 가리키는 말이었다.

그런데 그녀가 맞닥뜨린 서울의 현실은 예상과 많이 달랐다. 90년대 초는 주지하다시피 민주화의 한 파고가 내려오면서 굴곡 잦았던 현대사에서 또 다른 외침이 분출되던 시기였다. 그녀가 본 서울은 죽는 날까지 하늘을 우러러 '한 점 부끄럼'이 없기를 조용히 외치던 시인의 서울이 아니라 꽃마저 속삭이지 않고 외치며 사람들의 모음은 한 덩어리가 되고 자음은 산산이 흩어져 가는, 언제나 멀리 흙음(吃音)의 벼락을 맞아 떨리는 딸들의 나라였다(「서울 사람 2」). 자동차 앞유리, 부서진 소주병 같은 많은 유리들이 왜 날마다 깨지는지 궁금해진 나라이며(「유리 조각」) 아무 인사도 없이 부딪치며 지나가서 어깨만이 가득 보이는 나라였다(「서울」).

사람이 어깨만이 돼서 거리에 넘친다

(…)

이 거리는 어깨만으로 남아 서 있다

(…)

사람들이 어깨만이 돼서 부딪쳐 간다

(…)

이 거리는 어깨만 남아 짖는다

―「서울」에서

비폭력과 사랑의 상징인 윤동주의 나라는 폭력이 난무하는 나라로 보이고 느껴진다. 그곳에는 기념해서는 안 되는 금지된 달(오월)도 있었으며(「이 렌즈는 푸름

을 지나치게 통과시킨다」) 최루가스가 자욱했으며(「비 오
는 날의 인사」) 분단 현실이 있으며(「소식」) 길은 자주 막
히고(「굴절률」) 사람이 사람을 찾는 나라이며(「그림자 줍
기」) 혈압 높은 수도(首都)의 나라이다(「오르막길」). 이
러한 현실에서 시인은 그러나 이방인으로서 무어라 판
단하여 말하기보다는 보기만 한다. 그리고 그 '보임'의
기록이 시의 표면을 구성한다.

그러나 시인은 고고학을 공부한 사람답게 표면 너머
에 존재하는 내력을 지닌, 작은 존재자들의 부름에 응한
다. 그 부름과 응함을 상징적으로 보여주는 시가 「지뢰」
이다.

상처가 가장 맥박 치고
상처가 가장 살아 있다
상처가 가장 기다리고 있다
자기를 밟아주는 꿈이 오기를

—「지뢰」전문

가장 작은 존재자의 이름은 '상처'이다. 그런데 그 상
처는 역설적이게도 가장 맥박 치고 가장 살아 있으며 가
장 기다리고 있다. 가장 작은 존재자는 꿈이 와서 자기
를 밟아주기를, 그리하여 자신의 존재가 시에 의해 순
간 폭발하기를 가장 기다리는 존재자이다. 이러한 역설

은「입국」에도 적혀 있다. 거기서 막차보다 일찍 떠날 첫차는 항상 있으며 먼저 차를 놓친 사람들이 언제나 일찍 고향에 도착한다. 그런 역(驛)은 어떤 폭력으로도 막을 수 없다. 거의 기독교의 역설을 담고 있는 이러한 관점은, 바다라는 죽음 혹은 신생을 향하는 강의 물살의 머뭇거림 속에서, 비밀을 숨겨야 한다는 그러나 말해버리고 싶다는 욕망을 보기도 한다(「하구」). 꿈과 시를 통해 아물고 싶다는 그러나 포기하고 싶다는 이중적 지대를 욕망이라고 명명하면서(「하구」) 시인은 윤동주라는 윤리의 폭풍우로 자기라는 우상을 뒤집어서 침묵을 형성한다(「비 오는 날의 인사」). 그래서 시인은「시인의 말」에서 자신은 보기만 하였다고 술회한다. 보기만 한 자에게 온 언어는, 길가에 앉아 열심히 감을 먹고 있는 다섯 할머니에서 감히 피어본 꽃 다섯 송이를 보여준다. 불까 말까 한 바람에도 당장 떨어지고 말, 절대로 절대 안정인 목숨들을 보여준다. 보임 속에서 시인의 침묵에 어리는 말은 "살아 계세요"이다(「살아 계세요」).

불까 말까 한 바람에도 당장 떨어지고 말 목숨들을 보는 시인에서 잎새에 이는 바람에도 괴로워한 시인의 이미지가 겹치는 것은 우연일까. 사이토 마리코의 눈에 비친 목숨들은 오후 6시 말랑말랑 곪은 위기의 과실 같은 태양(「오르막길」), 태어나기 전부터 이미 영원히 약속 시간을 지킬 수밖에 없는 병아리들(「굴절률」), 지하도 한가운데 구멍가게에서 항상 티브이를 보며 장사를 했던, 그러나 가을에는 보이지 않다가 첫겨울 다시 나타난 할머니이며(「그 지하도에서」) 그 할머니의 손자이다. 태양과 병아리, 할머니와 소년은 모두 '죽어가는 것들'이다. 다시 한번 후쿠오카에서 숨진 시인이 어른거리는 것은 우연일까.

시란 무엇일까. 적어도 사이토 마리코에게 그것은 비밀을 비밀로 간직하는 언어이다. 그 언어는 예를 들어 빛과 불이 어디에서 손잡지 못했는지, 어디에서 어긋났는지를 간직하는 언어이다(「이 렌즈는 푸름을 지나치게 통과시킨다」). 그 언어가 시인이 한국을 떠난 후 후쿠시마 원전사고 때까지 시인을 찾아오지 않았다는 사연은 무슨 뜻일까. 그리고 후쿠시마 원전사고 때 불현듯 돌아났다는 건 또 무슨 의미인가.

시인은 「시인의 말」에서, 말들이 쏟아지던 한국에서의 시쓰기는 인생에 한번밖에 없는 일이었다고 그것의 특별함을 언급한다. 그리고 당시 한국의 공기 속에는 뭔가 시를 유발시키는 성분이 함유되어 있었던 것 같다고 기억한다. 이십여 년간 그녀의 삶은 많은 변화를 겪은 것 같다, 우리처럼. 그녀는 그 변화에 대해 다시 침묵하기로 결정한다. 그리고 '그래도 살고 있다'고 긍정적인 메시지를 전달한다.

시인이란 누구일까. 그는 에밀 시오랑의 말처럼 모든 것이 상처인 사람일까. 그래서 지뢰처럼 가장 기다리는 사람이고 꿈과 시가 왔을 때 순간 폭발하여 언어가 되는 존재자일까. 시오랑이 그의 표현으로 가리킨 시인은 파리의 강에 부끄러움과 함께 투신하였다. 사이토 마리코 시인은 윤동주의 말 앞에서 자신의 부끄러움과 시인의 부끄러움이 서로 얼굴을 맞을 수 있는 것인지 묻는다(「비 오는 날의 인사」). 자신의 부끄러움이 바로 시인이 느꼈던 부끄러움과 같은 것인지 물었던 시인은 지금 현해탄 건너 어딘가에서 '그래도 살고 있다'고 부정적인 메시지를 전달한다. 이렇게, 살아 있다는 것은 이중적이다. 그것은 생존하고자 하는 의지에 대한 말인 동시에 생존하고 있다는 수치에 대한 말이다.

다시 눈이 내리면 여학생은 창문으로 몸을 던지고 바람 속에 풍화하며 날아가는 눈송이 중 하나에 눈(目)을 던지고 자신의 운명으로 삼는다. 소녀는 그 운명의 말을 자신의 말로 삼아 어느 하늘 아래를 날고 있는 중일 것이다. 그 눈송이는 설국의 오래된 습관처럼 다른 눈송이를 만나면 한 송이가 빠져나가는 동안 한편으로 몸을 비키며 멈추어 서서 길을 양보할 것이다. 그것은 그녀가 '이중적인 살아 있음'에서 살아가는 방식이다. 그리고 그것은 우리의 방식일 수 있다.

단 하나의 눈송이

|

|

초판 1쇄 발행 2018년 2월 13일
초판 6쇄 발행 2024년 12월 10일
지은이 사이토 마리코

|

발행인 박지홍
발행처 봄날의책 등록 제311-2012-000076호(2012년 12월 26일)
주소 서울 종로구 창덕궁4길 4-1 401호 (원서동 4층)
전화 070-4090-2193
E-mail springdaysbook@gmail.com

|

기획 및 편집 박지홍
인쇄 및 제책 한영문화사

|

ISBN 979-11-86372-18-0 03810

|

이 도서의 국립중앙도서관 출판시도서목록(CIP)은
서지정보유통지원시스템 홈페이지(http://seoji.nl.go.kr)와
국가자료공동목록시스템(http://nl.go.kr/kolisnet)에서
이용하실 수 있습니다(CIP제어번호2018002754).